LE

FAR NIENTE

RIMES ET CHANSONS

PAR

JACQUES BRASDOR

Soyez plutôt maçon.....
BOILEAU.

PARIS

IMPRIMERIE ÉMILE VOITELAIN ET Cie

61, RUE J.-J.-ROUSSEAU, 61

—

1869

LE FAR NIENTE

RIMES ET CHANSONS

LE
FAR NIENTE

RIMES ET CHANSONS

PAR

JACQUES BRASDOR

Soyez plutôt maçon.....
BOILEAU.

PARIS

IMPRIMERIE ÉMILE VOITELAIN ET Cⁱᵉ

61, RUE J.-J.-ROUSSEAU, 61

—

1869

PRÉFACE

PRÉFACE

Lorsque finit notre labeur austère,
Selon son goût, chacun prend ses plaisirs,
Mais ce n'est pas toujours à ne rien faire
Que notre esprit dépense ses loisirs.
Moi, pour ma part, je rimaille, je chante,
— Dieux, pardonnez ce terrible travers ! —
Voilà pourquoi j'intitule ces vers
   Le Far Niente.

D'autres au jeu vont demander la fièvre ;
L'un reste à table et l'autre vole au bal ;
L'un court l'amour et l'autre court le lièvre,
Même il en est qui lisent leur journal.

Moi, sans souci de ce que fait la rente,
J'aime à rêver tout seul dans mon jardin,
Et j'y dépense, en rimant un refrain,
      Mon Far Niente.

Je vous entends : « Cette sotte manie, »
Me dites-vous, « n'aurait rien de cruel,
« Si tu gardais cette rimaillerie
« Pour égayer ton loisir personnel.
« Mais imposer ta muse pas méchante
« Au bon lecteur, à ton crime étranger,
« En bâillements, n'est-ce donc pas changer,
      « Son Far Niente? »

Bah ! laissez donc partir à tire-d'aile
Ces pauvres vers lestes et court vêtus.
En notre temps à la muse infidèle,
On fait des vers, mais on ne les lit plus.
Oui, sur les quais ma brochure innocente
Ira trouver les poëtes au tas,
Et sitôt née, elle aura du trépas
      Le Far Niente.

Je vous lirai tout seul, car je vous aime,
Mes pauvres vers, parfums de mon printemps :

En vous revit ma jeunesse elle-même,
L'éclair aux yeux et le franc rire aux dents!
Eh! que nous fait la foule indifférente?
De vos attraits, seul je saurai jouir:
Tu charmeras, muse du souvenir,
    Mon Far Niente....

BRUNES ET BLONDES

SUZON

Pourquoi, Suzette, fine mouche,
Cacher en ta mignonne bouche
Les quenottes que le bon Dieu
Pour les montrer mit en ce lieu?
A vingt ans, c'est si bon de rire,
C'est à contre-cœur qu'on soupire :
  Eh! rions donc,
   Suzon!

Le printemps rit à la nature,
Dans le fourré l'oiseau murmure
Un chant d'amour et de plaisir,
Et je te prends à réfléchir.
Puisqu'autour de nous tout bavarde
Dis-nous une ronde égrillarde :
  Eh! chantons donc,
   Suzon!

Assez chanté, la soif me gagne,
Je t'offrirais bien du champagne;
Mais bah! notre champagne à nous
N'est-ce pas le petit vin doux?
Dieu créa le vin pour l'ivresse;
Fais-moi donc raison, ma princesse :
      Eh! buvons donc,
         Suzon !

Mais tout le village est en fête.
Là-bas au son de la musette
Vois sauter les gars du pays!
Mordieu! nous ferons vis-à-vis.
Ma Suzette, trousse ta cotte
Et montre-leur comme on tricote :
      Eh! dansons donc,
         Suzon !

Mais ce n'est pas tout, ce me semble.
Près de ce feuillage qui tremble
Sous les caresses du zéphir,
Moi, je sens mon cœur s'attendrir !

Le seul bonheur vrai de la vie
C'est l'amour, crois-le bien, ma mie :
     Aimons-nous donc,
         Suzon !

LA FLEUR INDISCRÈTE

Eh quoi! Nichette, ma petite,
Toute tremblante je te voi
Effeuiller une marguerite;
Je veux l'interroger pour toi.
— Petite fleur, pourquoi Niniche
A tout coup gagne-t-elle au jeu?
N'est-ce pas parce qu'elle triche...
     — Un peu?

— Quand elle dit qu'elle m'adore,
A ses discours j'ajoute foi;
Mais dois-je bien la croire encore,
Quand elle dit n'aimer que moi?
C'est rare une femme fidèle,
Bien fol qui croit fixer leur goût;
Combien d'amants a donc ma belle?...
     — Beaucoup.

— Je sais qu'elle aime la campagne,
Les soupers où l'on fait les fous,
Elle goûte assez le champagne
Et ne fait pas fi des bijoux.
On dit tout bas que la pauvrette
Aime aussi quelque peu l'argent.
Qu'en penses-tu, gente fleurette?...
    — Passionnément.

— Tu me fais là, fleur indiscrète,
Un portrait vraiment peu flatté ;
Pourtant, je connais à Nichette
Une charmante qualité :
Lorsque ma bouche la caresse,
Elle paraît oublier tout:
Est-elle franche cette ivresse?...
    — Pas du tout..

LE PORTRAIT DE ROSE

J'aime fort Marguerite
Et ses grands sentiments ;
La brune Ida m'excite
Par ses lazzis charmants ;
Près de l'ardente Aurore,
Mon cœur est tout amour,
Et j'ai pu chérir Laure
Pendant tout un grand jour.

Mais dans les bras de Rose,
Mon goût capricieux
Tendrement se repose :
Je l'aime mieux.

Or, voulez-vous apprendre
Pourquoi j'en suis épris ?
Un jour, venez l'entendre
Chanter ses airs chéris :

Dans la tendre romance
Elle pleure avec art ;
Puis sans crainte elle lance
Le couplet égrillard.

Mais il est une chose,
Et j'en rends grâce aux dieux,
Que ma gentille Rose
   Dit encor mieux.

Elle aime la musique,
Mais préfère le bal ;
Sa verve est fantastique
Au grand galop final ;
Elle aime la toilette,
Une course en coupé,
Un souper chez Vachette
Au champagne frappé.

Mais il est une chose,
Et j'en rends grâce aux dieux,
Que ma gentille Rose
   Aime encor mieux.

Sa main leste et mignonne
Fait tout ce qui lui plaît ;

Gentiment elle donne
Et caresse et soufflet.
Jamais elle n'est triste;
Elle boit, fume, et puis
Elle fait en artiste
Le punch des folles nuits.

Mais il est une chose,
Et j'en rends grâce aux dieux,
Que ma gentille Rose
     Fait encor mieux.

Enfin, dame nature
Lui prodigua ses dons;
Elle a gente figure,
Peau fine et pieds mignons,
Ses deux lèvres vermeilles
Appellent le baiser.....
Quant à ses deux... merveilles,
Je n'en veux point causer...

Car il est autre chose
Caché pour tous les yeux,
Qu'en ma gentille Rose
     J'aime encore mieux.

MARGOT

Or ça, vous tous, que l'on m'entende !
Je vais vous dire un fabliau :
C'est la très-antique légende
De l'incomparable Margot.
C'était une fille accomplie ;
La vertu n'étant pas son lot,
Elle lui fit toute sa vie...
        Nisco.

Elle avait ses quinze ans à peine,
Quand flamba son premier amour ;
Son amant, toute une semaine,
L'adora la nuit et le jour.
Mais après, lorsque la fillette,
Qui comptait sur le conjungo,
Le somma de payer sa dette...
        Nisco.

Margot, en se voyant trahie,
Voulut mourir un peu... mais, bah !
L'amour tenait trop à sa vie ;
D'ailleurs, un vieux la consola !
Hélas ! autre mésaventure :
Lorsqu'à ce tendre renouveau,
Le vieux voulut faire figure...
   Nisco.

L'argent alors devint son guide,
Et si, parfois, quelque gandin
Lui dit : Margot, ma bourse est vide,
Mais jusqu'aux bords mon cœur est plein,
Elle disait,' la bonne fille :
Mon cher, j' te trouve très comme il faut,
Mais si tu n'as quéqu's billets d' mille...
   Nisco.

Un beau jour, Margot se marie ;
Tous ses anciens, après le bal,
Voient son époux, l'âme ravie,
Gagner le retrait conjugal.

Pauvre innocent! dans cette cage,
S'il croit encor trouver l'oiseau
Dont le nom rime à mariage...
      Nisco.

Margot navigue à pleines voiles
Sur l'immensité des jobards ;
C'est madame de trois étoiles,
C'est la reine des boulevards.
Ci-finit cette pastorale,
Car le luxe a tué Margot.
Si vous en voulez la morale...
      Nisco.

LES PROFESSEURS D'ANGÈLE

J'ai pour portier un Argus édenté
Et des voisins qui médisent sans cesse,
Pourtant jamais grisette, en vérité,
N'a réuni tant d'ordre et de sagesse.
Tous les matins, il est vrai, j'en convien,
Un jeune blond, d'agréable figure,
Me rend visite, et, malgré son maintien,
Ça fait jaser; mais moi je n'y puis rien :
C'est mon professeur d'écriture.

Car je m'instruis : que peut-on faire mieux?
Je ne veux point rester dans l'ignorance.
C'est pour cela qu'à midi, certain vieux
Jusque chez moi hisse sa suffisance;
Il est ventru, chauve et gaillard encor.
Aussi l'on dit, vrai, c'est à n'y pas croire,
Qu'il me protége et qu'il me couvre d'or,
Que c'est *loulou*... vraiment, on a bien tort,
Car... c'est mon professeur d'histoire.

Puis vers le soir un joyeux cavalier
Vient à son tour, chantant dans sa moustache ;
Pour le lorgner, la bonne du premier
Dans les couloirs en rougissant se cache.
Assurément, nous sommes bons amis,
Mais on a dit, pour le coup c'est unique,
Que je brûlais pour ce bel Adonis ;
Or, loin d'avoir chez moi des droits acquis,
C'est mon professeur de musique.

Au carnaval, souvent je sors la nuit
Avec un brun à tournure élégante ;
Le lendemain quand je rentre sans bruit
Mon pipelet me traite de bacchante.
Ce que je fais est pourtant fort moral,
Nul plus que moi n'observe la décence ;
Si ce monsieur souvent me mène au bal,
Assurément, cela n'est point un mal :
Car... c'est mon professeur de danse.

Vous le voyez, ma réputation
Par ces caquets est fort endommagée ;
Oui, mais aussi mon éducation
Est, Dieu merci ! déjà fort avancée.

Pendant longtemps d'abord j'ai combattu
De mes voisins l'injustice cruelle;
Mais à la fin, forte de ma vertu,
J'ai laissé dire, et bientôt l'on s'est tu
Sur tous les professeurs d'Angèle.

A TRAVERS CHAMPS

MON ANE, MA FEMME ET L'AUTRE

Je cours après ma femme, hélas !
Mais ce n'est pas pour son mérite.
Jeanne est grêlée, elle est petite,
Et surtout peu riche en appas.
Pour l'humeur, c'est une mégère
Au verbe dur, au geste prompt,
Qui respecte trop peu mon front
Et vide trop souvent son verre...

    Ohé ! l'ami
Qui fumez là sans nul souci,
Répondez, j'ai la mort dans l'âme :
N'auriez-vous point vu par ici
    Passer ma femme ?

J'achève son signalement,
Par le portrait de son escorte :
C'est un gaillard de belle sorte

Que je soupçonne son amant.
Le quidam est fort bien, j'en jure,
Moustache en croc et l'œil au vent,
Près de six pieds, de plus sergent,
C'est un vrai héros d'aventure.

Mais ce qui les distingue mieux,
C'est qu'ils ont emmené mon âne,
Qui, non sans leur chercher chicane,
Sur son dos les porte tous deux.
Mon baudet est d'un bon usage,
Mais il doit se montrer têtu,
Car je sais ce que sa vertu
Doit souffrir d'un tel voisinage.

Je t'entends demander, l'ami,
Pourquoi, puisque ma femme est telle
Que je t'ai dépeint la donzelle,
Je m'acharne à courir ainsi?
Par ma fine, je laisse Jeanne
Au nigaud qui s'en est chargé,
Et je suis bien son obligé,
Mais je veux qu'il rende mon âne.

Merci, l'ami.
Mon âne a passé par ici ;
Je le rejoindrai, sur mon âme,
Et le reprendrai, si je pui,
Mais non ma femme !

LES QUATRE HEURES DU JOUR

Perdu dans ma retraite obscure,
Au milieu des bois et des fleurs,
Je puis contempler la nature,
Et j'aime toutes ses splendeurs;
J'aime le *matin* qui réveille
Dans les forêts de gais concerts,
Et donne sa lueur vermeille
A la rosée, aux gazons verts.

Et quand du *jour* la flamme ardente
Resplendit dans un ciel d'azur,
J'aime voir l'image tremblante
Du soleil dans le flôt si pur;
Et couché dans l'herbe fleurie,
A l'ombre douce et loin du bruit,
Dans une longue rêverie
Bercer mollement mon esprit.

J'aime du *soir* la fraîche brise
S'imprégnant des parfums des bois,
M'apportant au loin de l'église
De la cloche la douce voix.
Lorsque l'horizon s'illumine
Des feux d'un soleil empourpré,
J'aime entendre sur la colline
D'un pâtre le chant mesuré.

J'aime enfin le manteau d'étoiles
Que la *nuit* jette sur les cieux,
Et j'aime aussi ses sombres voiles
Peuplés d'êtres mystérieux.
Alors les arbres de la rive
Semblent des spectres menaçants,
Et du vent la note plaintive,
Un écho lointain de leurs chants.

SEIGNEURS ET MANANTS

Le soleil rit à l'horizon,
Et le cri-cri chante dans l'herbe :
C'est le baptême de la gerbe,
C'est la fête de la moisson.
    Allons, Suzon,
  Entonne ta chanson !

  C'est grande fête au hameau,
  Le baptême de la gerbe,
  Car le parrain est superbe,
  C'est le cadet du château.
  Aussi la foule assemblée,
  En ses habits de gala,
  Vient guetter son arrivée,
  Et soudain dit : le voilà !

  On admire du parrain
  La tournure citadine ;

Il embrasse Mathurine,
Goguenarde Mathurin.
Puis, il préside au baptême ;
Sa commère, c’est Suzon.
Il lui dit tout bas : je t’aime,
La lorgnant d’un air fripon.

Les damoiselles de cour,
De dentelles chamarrées,
Trouvent fort mal accoutrées
Les filles en jupon court ;
Mais aux chevaliers, par contre,
Le jupon court ne déplaît,
Car, sans mystère, il leur montre
Fort gentiment le mollet.

On chante, on rit et l’on boit ;
Le paysan, par méprise,
Comme un grand seigneur se grise,
Et ne sait plus ce qu’il voit.
Le parrain, avec Suzette,
S’esquive d’un air vainqueur :
Irait-il sous la coudrette
Goûter au droit du seigneur ?

Le plaisir, au fond des bois,
Disperse toute la fête ;
Le marquis avec Fanchette,
La baronne avec François.
Dieu ! quelle adorable orgie !
Plus de seigneurs, de manants ;
L'amour, le vin, la folie,
Ont égalisé les rangs.

Le soleil rit à l'horizon,
Et le cri-cri chante dans l'herbe :
C'est le baptême de la gerbe,
C'est la fête de la moisson.
        Allons, Suzon,
    Entonne ta chanson !

TRUMEAU

Nous soupions au champagne, une nuit, chez Vachette,
Quand l'horloge en ronflant vint à sonner cinq fois.
Une voix de fausset nous dit : dormir c'est bête
Quand vient le jour, partons!... ohé, cocher, au bois.

Je partis avec eux et je trébuchais même,
Mais qui pouvait le voir? tout Paris reposait,
Le bois seul s'éveillait, et là tout me disait
Le doux mot qu'à vingt ans l'on entend partout : j'aime !

Dans un nuage en feu se levait le soleil...
Ses rayons, longs baisers, caressaient la nature,
Qui lui rendait, émue à ce si doux réveil,
Des cent bruits du matin le crépitant murmure.

Les arbres d'un côté formaient un rideau sombre,
De l'autre ils s'irisaient aux feux naissants du jour,

Et bruissant au vent, ils me semblaient dans l'ombre
Se murmurer aussi tout bas des mots d'amour.

Le ruisseau, tantôt lent, de son onde limpide
Baisait bien longuement les fleurettes du bord;
Tantôt il résonnait en cascade rapide,
Et l'écho lui rendait son amoureux accord.

Empruntant au soleil l'éclat du diamant,
Sur le sol parfumé scintillait la rosée,
Parure que la terre, heureuse fiancée,
Reçoit chaque matin du ciel, son riche amant.

Puis j'entendis bientôt les voix mélodieuses
Des oiseaux, qui de loin s'appelaient par leur chant;
Et je les vis aussi, car de moi s'approchant,
Ils ne me cachaient point leurs caresses joyeuses.

Je rêvai bien longtemps sous ce riant feuillage
Où mon corps s'imprégnait d'une douce moiteur,
Où la brise embaumée effleurait mon visage :
La fièvre du printemps faisait bondir mon cœur.

Oh ! que j'aurais voulu, seul avec une femme
Et sa main dans ma main, errer sous ces arceaux,
Au grand foyer d'amour ajouter notre flamme,
Le bruit de nos baisers au doux chant des oiseaux !

L'amour fait supporter la douleur et la vie ;
De ce baume divin mon cœur est affamé,
Mais à mon cœur, hélas ! l'espérance est ravie,
Disais-je larmoyant, d'être jamais aimé !

.   .   .   .

.   .   .   .

.   .   .   .

.   .   .   .

C'est ainsi qu'empruntant les pipeaux de l'églogue,
    Je confiais au vent les désirs de mon cœur,
Quand un bruit dissonnant coupa mon monologue :
    Tous mes amis ronflaient en chœur.

O jeunesse, me dis-je, ô printemps de la vie,
    O printemps, jeunesse du temps,
De notre âge incomplet telle est la poésie :
    C'est ainsi qu'on rêve à vingt ans.

Bast! après tout, ronfler n'est pas si prosaïque
    Après une nuit de plaisir :
Si des bois et du vent bien douce est la musique,
    Bien doux est de dormir.

Laissons donc là, morbleu ! les ruisseaux où barbote
    Un essaim de canards joyeux...
Et puis comme un barbet, me roulant en pelote,
    Bientôt je soupirais... comme eux.

VEILLÉE

L'hiver, sous un linceul immense,
Amis, recouvre nos sillons,
Mais Dieu, qui protége la France,
Dans son sein chauffe la semence :
Causons en paix près des tisons.

Pendant que le grain fait son somme
Sous la terre, jusqu'au printemps,
Que vous raconterai-je, enfants ?
L'histoire de Jacques Bonhomme.
Il naquit le jour où la faim
Vint ici-bas faire misère.
Dieu lui dit : va, fouille la terre,
Travaille, Jacques, et fais le pain.

L'hiver, sous un linceul immense,
Amis, recouvre nos sillons,
Mais Dieu, qui protége la France,
Dans son sein chauffe la semence :
Causons en paix près des tisons.

PAR LA VILLE

LA COTELETTE

N'ayant plus rien de bon à faire,
Un jour le bon Dieu s'avisa
D'extraire à notre premier père
Sa côte qu'il assaisonna,
Puis une femme il en forma.
Adam, l'opération faite,
Eut-il bien lieu d'être content?
Je n'en sais rien : mais hélas! à présent
Que de maris disent au Tout-Puissant :
Rendez-nous notre côtelette.

Il est, dit-on, certains parages
Où l'on dévore son prochain;
Je ne juge point ces usages,
Car je ne sais pas, j'en convien,
Quel goût a le bifteck humain.
Si cette cuisine indiscrète

Était de-mode en ce pays,
Sexe enchanteur! ah! combien de maris,
Marris de l'être, enfin seraient ravis
De grignoter leur côtelette!

Croquer sa femme, quelle affaire!
L'eau vous vient aux lèvres, je crois;
Mais notre code est à refaire;
On ne peut, sans heurter les lois,
Se payer les mets de son choix.
Pourtant il est une recette
Qui peut remplacer ce plaisir :
Un fin gourmet que l'hymen fait gémir,
A tour de rôle, et pour les attendrir,
Bat sa femme et sa côtelette.

LES ENNUIS DE L'AMOUR

Quand on veut séduire une femme,
Au moment d'un succès complet,
Que de fois on entend la dame
Dire : grand Dieu, s'il nous voyait !
Que de fois à l'heure espérée
Où le boudoir est le plus doux,
Une voix tremblante, égarée,
Vous dit : fuyez, c'est mon époux !

Les gens mariés, aujourd'hui,
Se croient tout permis, sur mon âme ;
Rien d'agaçant comme un mari
Dont on... aime la femme.

De nos jours, il est peu facile
Le vieux métier de séducteur ;
Les maris, pour **un cas** futile,
Enfourchent le code et l'honneur.

Dans le bon vieux temps de Molière,
Un mari portait... ça très-bien,
Et laissait sa femme le faire
Facilement... Georges Dandin.

Les gens mariés, aujourd'hui,
Se croient tout permis, sur mon âme ;
Rien d'agaçant comme un mari
Dont on... aime la femme.

. . . .
. . . .
. . . .
. . . .
. . . .
. . . .
. . . .
. . . .

CEUX QUI CROIENT QUE C'EST ARRIVÉ

A notre époque biscornue,
Avec un aplomb merveilleux,
Chacun à chacun distribue
Ce qu'on nomme la poudre aux yeux.
Chacun fait sa petite histoire
Au profit de sa vanité;
Puis on finit toujours par croire,
Par croire que c'est arrivé.

J'ai fait plus de deux cents mémoires
Sur l'utilité du crapaud;
Je suis vraiment une des gloires
De l'Institut... de Landernau.
Si l'on songeait à l'homme utile,
Vingt fois l'on m'aurait décoré...
Pauvre savant de pacotille,
Crois-tu donc que c'est arrivé?

4

Vaillant défenseur des ruines,
J'ai gardé le culte des Lys ;
C'est qu'à d'illustres origines
Je remonte de père en fils.
Le nom fameux dont je me nomme,
Cent fois dans l'histoire est cité...
Pauvre fils de Jacques Bonhomme,
Crois-tu donc que c'est arrivé ?

MASQUES ET VISAGES

Oui, le drapeau de notre âge fantasque
Porte ces mots : mensonge et vanité,
Et l'on peut dire : on te connaît, beau masque,
A tout mérite, à toute nullité.

Quand celui-ci veut poser au sublime,
Auprès de lui l'autre pose au bouffon ;
Pas un, enfin, qui ne pose et se grime,
Ou sous un loup ne dérobe son front.

Au bal, ce fat pose pour l'élégance
Et fume, hélas ! sa pipe quand il sort ;
Ce médecin pose pour la science,
C'est le meilleur pourvoyeur de la mort.

Ce financier pose pour la richesse,
Quand à Clichy se meuble son logis ;

Cet homme noir, tout masqué de sagesse,
En mauvais lieu passe toutes ses nuits.

Cet écrivain n'a pas fait un chapitre,
Chacun pourtant célèbre son esprit;
Ce duc altier avait volé son titre,
Masque pompeux que les lois ont détruit.

Ce Salomon raconte ses misères,
Et chacun plaint cet adroit grippe-sous;
C'est un Crésus qui sur la mort des pères,
A cent pour cent prête à nos jeunes fous.

Cette baronne et pompeuse et guindée,
De ses vertus embaume ses discours ;
Dans son boudoir, quand elle est démasquée,
Nul ne peindrait ses lubriques amours.

Ces jouvenceaux, qu'on mène à la mairie,
A tous les yeux singent la passion;
Pour une dot le monsieur se marie,
Sur son coupé l'autre veut un blason.

Cette autre enfant, qui baisse la paupière,
A sous son masque un cœur déjà flétri ;
Dans quelques mois elle doit être mère,
Aussi, partout, cherche-t-elle un mari.

Cette Phryné, dans le monde connue
Pour son ardeur, son amoureux désir,
N'est rien au fond qu'une froide statue,
Portant au lit le masque du plaisir.

Oui, le drapeau de notre âge fantasque
Porte ces mots : mensonge et vanité,
Et l'on peut dire : on te connaît, beau masque,
A tout mérite, à toute nullité.

LE VOYAGE

Oui, voyager parfois c'est agréable,
Mais du départ bien grands sont les ennuis.
Dans quel pays pourrai-je voir à table
Autour de moi tant d'amis réunis?
Moi, je préfère aux attraits du voyage
Mon beau Paris et ses plaisirs si doux.
Décidément, foin des lointains rivages,
Mes chers amis, je reste près de vous.

Je sais pourtant que l'aveugle Fortune
Dans le repos ne vient point nous chercher.
Pour la séduire, il faut qu'on l'importune,
Il faut courir après, pour l'attraper.
Mais que me font les honneurs, la richesse
Dont je ferais là-bas amples moissons:
N'ai-je donc pas pour trésors la jeunesse,
Et les amours et les folles chansons?

Si je partais, ma maîtresse chérie,
Avec un autre oublîrait sa douleur;
Empêchons-la de faire autre folie :
Elle en fit une en me donnant son cœur.
Je crois beaucoup aux serments d'une belle
Qui dit en pleurs : je t'aimerai toujours;
Mais franchement c'est dur d'être fidèle
Pour un amant qui voyage au long cours.

Et vous, amis, vous garderiez peut-être
Mon souvenir quelques moments encor,
Puis m'oublîriez : le temps fait disparaître
Tous les regrets, et les absents ont tort.
Je ne veux pas qu'on perde ma mémoire.
De mes amis aussi je suis jaloux;
J'irai plus tard conquérir de la gloire,
Pour le moment, je reste près de vous.

LES ÉTOILES FILANTES

Que devient la fillette agile,
Dont l'esprit est dans le jarret?
Hélas! c'est l'étoile qui file,
Qui file, file et disparaît.

Chicarde est aujourd'hui l'épouse
D'un vieux bonnetier enrichi;
Sa sœur Anita, la jalouse,
A suivi son prince... à Clichy.

La lourde et puissante Augustine
A planté là son grand brutal
Pour un blondin qui la ruine
Et la conduit... à l'hôpital.

Lisa ne boit plus de champagne;
L'hiver elle habite un taudis,
L'été sa maison de campagne,
Là-bas... faubourg Saint-Denis.

Pour la sentimentale Elvire,
Qui ne désirait qu'un mari,
Elle a pris un Anglais... pour rire,
C'est un acteur du Lazari.

Rosalba, la comtesse altière,
A vieilli sans perdre son nom ;
Mais d'un crochet de chiffonnière
Elle a barré son écusson.

Quant à la noceuse Nichette,
Elle a séduit un marguillier,
Qui la conduit baissant la tête,
Chaque dimanche, au bénitier.

Que devient la fillette agile,
Dont l'esprit est dans le jarret ?
Hélas ! c'est l'étoile qui file,
Qui file, file et disparaît

COQUELICOT

Je ne suis pas un journaliste,
Je suis Coqu'licot, le gamin,
Mais autant que Jules Janin
J' m'entends à juger un artiste.
Pour un mélodrame du boul'vard
Jamais Coqu'licot ne s'embarque;
Il n'y a qu'aux Français qu'on fait d' l'art,
Aussi c'est là, je l' dis sans fard,
Que j' suis marchand de contre-marque.

Mon métier m'a fait philosophe;
Je sais me contenter de... rien;
L'or et la grandeur j' m'en moque bien,
Pour moi, c'est d' l'orfév'ri' Christophe.
On m'a dit, il y a quelque temps,
Qu'un pays remerciait son monarque;
Le métier peut paraître tentant,
Mais je vous le dis franchement,
J'y ai pas d'mandé sa contre-marque.

En véritable enfant d' la balle,
Pendant l'hiver j'ai pour garni
L'égout où les rats font leur nid,
Et l'été les piliers d' la halle.
Un sergent de ville, bien souvent,
Comm' pour un personnage de marque,
M'a procuré certain logement
Dont j' n'ai pu jamais, en sortant,
Trouver à vend' la contre-marque.

La contre-marque, ne vous déplaise,
Sert dans la vie à tout moment ;
Le vieux grognard, sur son vêt'ment,
Étal' celle du Pèr'-Lachaise,
Cell'-là, certe, on ne l'envie pas,
Mais l' môme qui dans la vi' débarque,
Si la commère a que'ques appas,
Doit bien sûr s'entend' dire tout bas :
M'sieu garde-t-il sa contre-marque ?

LÉGENDE PARISIENNE

C'est au siége de Maestricht,
Qu'un boulet lui rogna la tête ;
Mais un chirurgien pas bête,
En bois la refit avec chic.
Pendant un siècle aux Invalides,
Il vit passer tous les badauds.
Son cœur ne connut pas nos maux,
Son front ne connut pas les rides.

Il regarde d'un air narquois
Passer les choses de la vie ;
Que lui fait qu'on pleure ou qu'on rie,
C'est l'homme à la tête de bois !

Il ne connut, heureux mortel,
Rien de nos humaines misères,
Passions, douleurs ou colères
Ne lui laissaient ni deuil ni fiel ;

Il vécut toujours, sans déboire,
A la richesse indifférent.
A quoi peut nous servir l'argent
Quand on ne peut manger ni boire?

Il ne connut jamais l'amour
Ni son éternel sacrifice.
On ne sait pourtant quel caprice
Le fit marier un beau jour.
Mais sa femme, au soir de la noce,
Le conviant au jeu subtil :
— Pas tant d'amour, lui disait-il,
Où tu vas te faire une bosse.

Il fut un mari complaisant,
Il n'avait pas l'humeur jalouse ;
Pourtant on dit que son épouse
Lui donna plus d'un remplaçant.
Quand il apprenait ces vétilles,
Il disait : — Où donc est l'affront,
Je trouve gentil qu'à mon front,
Ma femme ajoute des chevilles,

Grâce à sa tête en merisier,
Il sortit de plus d'une affaire ;
Au lieu de mander le notaire
On appelait le menuisier.
Mais un jour, dans un incendie,
Une étincelle l'alluma
Et sa pauvre tête flamba :
C'est ainsi qu'il perdit la vie.

LA · VANITÉ

Un grand défaut, ici, je le confesse,
Mes chers amis, est maître de mon cœur ;
Mais ce défaut, qu'ardemment je caresse,
A parmi vous plus d'un adorateur.
Morgue des sots, c'est l'orgueil du génie,
La vanterie ou la fatuité ;
Sous un manteau de fausse modestie,
Dans tous les cœurs règne la vanité.

Nouveau Faublas, dis à qui peut te croire
Les beaux succès que tu n'obtins jamais ;
Ces cœurs conquis dont tu tires ta gloire
Sont des vertus qu'on achète au rabais.
Et toi, Gascon, qui vantes ton courage,
Et ta vigueur et tes nombreux exploits,
Vingt fois, c'est vrai, je te vis à l'ouvrage,
Mais je t'ai vu fuir ou trembler vingt fois.

Monsieur Gandin, j'admire votre grâce,
Vos gants de chien et vos manches gigot;
Mais je crains bien que cela ne vous fasse
Trouver Clichy bien plus tôt qu'une dot.
Toi, Trissotin, étale ta science,
Dis ces grands mots que tu ne comprends pas,
Parle latin, mais prends garde à l'avance
Qu'un vrai savant n'assiste à tes ébats.

Un grand fléau vient ravager la terre :
Un homme pur succombe aux coups du sort,
Chacun s'unit pour calmer la misère
Ou pour offrir un monument au mort;
Prudhomme aussi tu portes ton aumône
Dans les bureaux de la souscription;
Oui, mais tu cours consulter la colonne
Où pour dix sous est imprimé ton nom.

Voyez passer ce couple qui trottine,
La jeune femme, en un brillant atour,
A frais visage et sa bouche mutine
A son amant sourit avec amour;

Il m'aime bien, dit tout bas la pauvrette,
Il est heureux de m'avoir à son bras...
Non, il est fier de traîner ta toilette
Que chacun vante et qu'il ne paiera pas.

La vanité, qui domine les hommes,
A par ma foi changé jusques aux mots,
Et même encor dans le siècle où nous sommes,
La particule allèche bien des sots.
Le perruquier, artiste capillaire,
Du nom de clerc baptise son garçon;
Le boutiquier se dit propriétaire,
Et le portier, gérant de sa maison.

Sexe charmant, dans cette galerie,
Ma foi! je n'ai pas voulu te nommer,
Ta vanité, c'est la coquetterie,
Et c'est encor l'art de te faire aimer;
Mais je maudis la pomme malfaisante
Qu'Ève croqua dans un accès glouton;
Qu'avant la pomme elle était séduisante!
Coquette après, elle avait un jupon!

TINTINS ET GLOUGLOUS

LE RÉVEILLON

Mes chers amis, tout en faisant le diable,
Il faut encor un peu songer à . . . .
Je porte un toast à ce . . . . aimable,
Qu'on doit bénir à toute heure, en tout lieu.
Pour l'adorer la foule au . . . . abonde,
Mêlons nos chants au bruit du . . . .
Car si sa mort a racheté le monde,
Sa naissance a créé le réveillon.

Ce doux . . . . qu'on nous fait si terrible,
Fut, j'en suis sûr, un franc et bon vivant,
Et pour témoin je citerai la . . . .
Qui pour le vin nous montre son penchant :
Dans un repas changeant l'eau des fontaines,
Il fit couler le vin à gros bouillon ;
Il dit plus tard : c'est le sang de mes veines :
Chantons ce doux patron du réveillon.

Auprès du sexe il fit mainte fredaine,
Quoi qu'en aient dit des . . . . ignorants.

D'un chaste amour s'il aima . . . .
D'autres beautés il eut les soins touchants.
L'une lavait ses pieds dans l'onde pure
Et l'essuyait avec... son cotillon ;
L'autre huilait sa blonde chevelure :
Fêtons le doux patron du réveillon.

Si par hasard il revenait sur terre,
En ce moment, amis, soyez certains
Qu'à notre table il viendrait prendre un verre,
Et n'irait point avec ces . . . . .
Il aime mieux nos chansons que leur . . . . . .
Notre bon vin que l'eau du . . . . . .
Il veut qu'on soit jeune dans la jeunesse :
Chantons le doux patron du réveillon.

De cet ami dont je parle sans cesse,
Fêtons aussi le souvenir charmant ;
Je puis parfois oublier ma maîtresse,
A mes amis je pense à tout moment.
Lorsque le temps blanchira notre tête,
De nos amours fuira le tourbillon,
Mais l'amitié survit à la tempête,
Fêtons l'ami qui manque au réveillon.

LE VIN D'ANJOU

J'étais jeune et ne le suis plus,
Mais le doux prisme des bouteilles
Redore de lueurs vermeilles
A mes yeux les temps disparus.
Oui, quand je bois, l'âge prospère
Se déroule à mes yeux ravis.
Mes soixante ans, mes cheveux gris,
Tout çà reste au fin fond du verre.

Allons, Babet, encore un coup.
Ce vin 'n'a pas l'âme traîtresse ;
Il met au cœur une tendresse
Dont tu reçois le contre-coup.
Allons, Babet, encore un coup
De ce bon petit vin d'Anjou !

J'étais riche et ne le suis plus,
Mais il m'en reste assez pour vivre,
Et le petit vin, s'il m'enivre,
Ne vaut-il pas les meilleurs crus ?

L'argent acquis devient un maître
Qui nous fait acquérir encor :
J'ai vite gaspillé mon or,
Afin de garder mon bien-être.

J'eus des amis et n'en ai plus,
Ils ont tous suivi la fortune;
Aucune visite importune
Ne vient-troubler le vieux reclus.
Tant mieux, car ma cave est petite,
Et je suis seul à la vider;
Aussi, sans me faire prier,
De ce soin pieux je m'acquitte.

J'avais maîtresse et n'en ai plus.
Volant de la brune à la blonde,
J'ai longtemps parcouru le monde,
Aimant... au bruit de mes écus.
Mais quand des chansons argentines
Finirent les joyeux tintins,
L'amour s'enfuit, et je devins
Le jouet d'aimables coquines.

Mais qu'importe si je n'ai plus
Tout cela : Babet, ma servante,

Grâce au vin, me paraît charmante,
Et je la compare à Vénus.
Quand ma trop robuste commère
Se plaint de mes sens engourdis,
Je bois un coup et reverdis
Juste assez pour la satisfaire.

Allons, Babet, encore un coup,
Ce vin n'a pas l'âme traîtresse ;
Il met au cœur une tendresse
Dont tu reçois le contre-coup.
Allons, Babet, encor un coup,
De ce bon petit vin d'Anjou !

LE VIEUX FLON-FLON

Au riant pays de Bourgogne,
Sous une treille, un beau matin,
Je naquis, refrain sans vergogne,
Après un repas libertin :
Un long rire, c'est mon histoire.

    Je suis le vieux Flon-flon,
Lan turlurette et bon bon bon ;
      Je suis le vieux Flon-flon
      Qu'on chante après boire.

Loin d'imiter votre romance,
Qui n'a que lugubres accents,
De ma voix je mène la danse ;
Le verre en main, le rire aux dents,
Je fais sauter Lise et Victoire.

    Je suis le vieux Flon-flon,
Lan turlurette et bon bon bon ;
      Je suis le vieux Flon-flon
      Qu'on chante après boire.

Aux fins soupers, j'emplis les verres
De punch flambant, d'aï mousseux.
Mes principes sont peu sévères ;
Aussi, toujours jeunes et vieux
Me gardent-ils bonne mémoire.

Je suis le vieu Flon-flon,
Lan turlurette et bon bon bon ;
Je suis le vieux Flon-flon
Qu'on chante après boire.

Je visite mainte grisette
Qui, sous les toits, loin des passants,
Fredonne, rieuse fauvette,
Mes couplets les plus croustillants,
Et sans rougir l'on peut m'en croire.

Je suis le vieux Flon-flon,
Lan turlurette et bon bon bon ;
Je suis le vieux Flon-flon
Qu'on chante après boire.

Et plus tard, quand pour la fillette
Au travail succède l'amour,
Je chantonne dans sa couchette,
Qui ne se tait qu'au petit jour ;
Car l'amour n'a pas l'humeur noire.

Je suis le vieux Flon-flon,
Lan turlurette et bon bon bon ;
Je suis le vieux Flon-flon
Qu'on chante après boire.

Je suis fort simple en mes allures,
Je ne fais pas de longs discours ;
Je dis : Tant que jeunesse dure,
Il faut rire et chanter toujours,
Et cela suffit à ma gloire.

Je suis le vieux Flon-flon,
Lan turlurette et bon bon bon ;
Je suis le vieux Flon-flon
Qu'on chante après boire.

C'est ma fille la Marseillaise
Qui, maintenant, vous mène au feu ;
Je suis content qu'elle vous plaise,
Mais avec vos pères, morbleu !
J'ai recueilli ma part de gloire !

Je suis le vieux Flon-flon,
Lan turlurette et bon bon bon ;
Je suis le vieux Flon-flon
Qu'on chante après boire.

GUITARES

LA DERNIÈRE IDOLE

Notre cœur est un temple immense,
Où nous élevons des autels
A ces mensonges éternels :
La foi, l'amour et l'espérance !
Quand je te vis, cruelle enfant,
Ton culte seul emplit mon âme.
Je pus oublier que la femme
N'est que caprice et changement.

O toi dont la pure auréole
Éclairait mon ciel obscurci,
Femme, pourquoi m'as-tu trahi...
O ma dernière idole ?

J'avais vingt ans, et ma pensée
Rêvant un magique avenir,
Je voulus d'abord conquérir
Ma place au soleil de l'idée ;

Je luttai : l'intrigue bientôt
Brisa cette idole si belle,
J'étouffai l'ardente éteincelle
Et cherchai le bonheur plus haut.

Puis l'amitié fut mon idole ;
Mais bientôt, au gré du destin,
Des amis d'enfance l'essaim
De tous côtés fuit et s'envole.
Encor s'ils étaient tous partis,
J'aurais au cœur la foi vivace,
Les souvenirs que rien n'efface,
Et non des sentiments trahis.

De mes idoles la plus chère
Tomba sous les coups de la mort,
Et tout mon être en souffre encor,
Tant je l'aimais !... c'était ma mère !
Ah ! pourquoi ton fils n'a-t-il pas,
Quand tu partis, suivi ta trace,
Sainte idole que ne remplace
Aucun autre amour ici-bas.

C'est à ce moment que ma vie
Vint trébucher à ton dédain.

Le calice amer était plein ;
Je l'épuise jusqu'à la lie.
Autour de moi le ciel est noir,
Mon cœur est seul, mon âme vide,
Et j'ai parcouru, ciel aride,
Tous les degrés du désespoir.

O toi dont la pure auréole
Éclairait mon ciel obscurci,
Femme, pourquoi m'as-tu trahi...
   O ma dernière idole !

CI-GIT

Jeannette était ma fiancée,
    Et dans mon cœur
Je n'avais point d'autre pensée
    Que son bonheur.
C'était une enfant simple et douce,
    Et son printemps
Devait s'écouler sans secousse
    Au sein des champs.

Mais il est là-bas une ville,
Un gouffre que rien n'assouvit :
Ma Jeanne, Paris me la prit
Et fit de l'ange une âme vile.

Elle m'aimait au fond de l'âme,
    Je le sens là.
Mais un beau monsieur vint... et, dame !
    Il lui parla.
Que n'avais-je, hélas ! le langage
    Doux comme lui !
J'aurais gardé l'oiseau volage
    Qui s'est enfui.

Je partis longtemps après elle
    Pour la revoir,
Et raconter à l'infidèle
    Mon désespoir.
Ce n'était déjà plus ma Jeanne,
    La fraîche enfant,
Ni ses atours de paysanne
    Que j'aimais tant.

Puis un soir une ombre amaigrie
    Vint à mon seuil,
Portant sur sa face flétrie
    Misère et deuil.
Leur souffle impur l'avait fanée,
    Ma douce fleur.
Ci-gît Jeanne, ma fiancée,
    Ci-gît mon cœur.

Oh ! je te maudis, grande ville,
O gouffre que rien n'assouvit ;
Toi, dont le flot impur la prit
Et fit de l'ange une âme vile.

LE PAUVRE EN HABIT NOIR

Pauvre en haillons, tu vois avec envie
L'habit râpé qui cache mes douleurs :
Va, comme toi, je marche dans la vie,
Par un sentier arrosé de mes pleurs.
Reconnais-moi, la cruelle misère
Étend sur nous son sinistre pouvoir ;
Par le malheur, ami, je suis ton frère,
Donne la main au pauvre en habit noir.

De mon travail le maître qui profite
Donne à regret le prix de mes sueurs ;
Mais en revanche à son bal il m'invite,
C'est que sans doute il manque de danseurs.
Tiens, vois, mes mains ont des gants pour parure,
Mais je n'ai pas dîné pour les avoir :
Qu'importe donc que la faim le torture,
Il va danser le pauvre en habit noir.

Eh bien ! dansons, la valse me réclame.
Qu'on est léger sur ces riches tapis !

Mais un sanglot vient vibrer en mon âme,
C'est mon enfant qui grelotte au logis.
Valsons, valsons, ma danseuse légère,
En m'entraînant me rappelle au devoir :
Mon pauvre enfant, ah ! pardonne à ton père
Ce dur plaisir du pauvre en habit noir.

Suivons, ami, suivons notre Calvaire,
Et sans jamais murmurer contre Dieu :
Quand à nos maux il daigne nous soustraire,
Il nous rassemble encor au même lieu.
Égaux tous deux à ce moment suprême,
A l'hôpital nous allons nous revoir :
Notre costume, alors, est bien le même...
Grossier linceul remplace l'habit noir.

SOUVENIR

Vieillard oublié dans ce monde,
La mort a fauché tous les miens.
Je suis seul : ma douleur profonde
Marche au hasard et sans soutiens.
Je n'ai pour charmer ma vieillesse
Qu'un livre relu tous les jours ;
C'est mon passé, c'est ma jeunesse,
Tout mon bonheur et mes amours.

    Du passé riant mirage,
Toi seul peux nous soutenir
 Jusqu'au terme du voyage,
      Souvenir.

Je revois le hameau paisible
Où d'enfant, homme je devins.
Je lis encore la vieille bible
Où j'épelais le nom des saints.
Ma mère, guidant la lecture,
Se penchait sur nos jeunes fronts,
Mêlant sa blanche chevelure,
Souriante, à nos cheveux blonds.

Je revois cette grande armée
Qui m'emporta sous ses drapeaux :
Tonnerre, gloire, éclairs, fumée
Que dominait notre héros.
Et, tenez, je l'entends encore,
D'un mot payant nos vaillants coups,
Nous crier d'une voix sonore :
« Soldats, je suis content de vous ! »

Je revois le temps éphémère
Où l'amour hanta ma maison,
Je revois la femme si chère
Qui porta dignement mon nom ;
Et tous ces anges frais et roses,
Tout songeurs à mes vieux récits,
Mes enfants ! fleurs à peine écloses
Que le temps cruel m'a repris

Du passé riant mirage,
Toi seul peux nous soutenir
Jusqu'au terme du voyage,
    Souvenir.

LILETTE

Ma gente Lilette est morte,
Je le sais ; mais le temps n'apporte
Aucun calme à ma douleur :
Lilette vit dans mon cœur.
O ma Lila,
Tu n'es plus là,
Mais tu vis toujours dans mon cœur !

Dans le linceul je l'ai mise,
Sombre jour ! et pourtant la brise,
Que parfument les moissons,
M'apporte encor ses chansons.
O ma Lila,
Tu n'es plus là,
Mais j'entends toujours tes chansons !

C'est moi qui clouai sa bière,
Bruit terrible ! et pourtant, mystère,

Je vois briller dans ma nuit
Son visage qui sourit.
O ma Lila,
Tu n'es plus là,
Mais je te revois chaque nuit !

De fleurs j'ai paré sa tombe,
Et pourtant, ange ou colombe,
Sur mon front, chaste baiser,
Son aile vient se poser.
O ma Lila,
Tu n'es plus là,
Mais je sens toujours ton baiser !

ITALIA, BRITANNIA

LÉOPARD

Le sang de tous les crimes
Rougit ton étendard :
Dieu venge tes victimes,
    Léopard !

Au temps passé, notre France asservie
Courbait le front sous un sceptre de fer ;
Jehanne vint, délivra la patrie,
Et fit trembler les hommes de la mer.
Aussi, plus tard, image de la France,
Qu'ils sont venus tant de fois ravager,
La douce enfant, sans force et sans défense,
Par ces bandits fut livrée au bûcher.

Le sang de tous les crimes
Rougit ton étendard :
Dieu venge tes victimes,
    Léopard !

Mais le temps marche, et la reine Marie
Vogue à regret vers le sol écossais ;

Son œil s'attache à la rive chérie
Qui disparaît : France, adieu pour jamais !
Va, pleure, reine : une fauve prunelle
Te guette au loin; prends garde, car bientôt
Ils te prendront cette tête si belle,
Pour la broyer sur un sanglant billot !

> Le sang de tous les crimes
> Rougit ton étendard :
> Dieu venge tes victimes,
>   Léopard !

Mais le temps marche, un demi-dieu succombe,
Qui fit trembler les trônes bien des fois;
Sur un rocher, son Calvaire et sa tombe,
Ils vont briser ce grand faiseur de rois...
Quand donc enfin, oppresseurs de la terre,
Lâches suppôts de la fraude et du dol,
Pour vous punir, vers votre noir repaire
Les fils de Brenn tourneront-ils leur vol ?

> Le sang de tous les crimes
> Rougit ton étendard :
> Dieu venge tes victimes,
>   Léopard !

STANCES A L'ITALIE.

L'Europe attend dans un noble silence
Que le canon ait rompu tes liens;
Dans les combats les soldats de la France
De tes efforts vont être les soutiens.
L'Autriche a dit, dans sa fureur impie,
Qu'à tout jamais tu subirais ses lois :
Allons, debout, ô vaillante Italie,
Lève ton front écrasé tant de fois.

Pauvre Italie, aux pages de l'histoire,
Avec ton sang sont écris tes revers;
Respire enfin, bientôt par la victoire,
Tes bras meurtris verront briser leurs fers.
La liberté dont tu fus la patrie
T'appelle encore à disputer tes droits :
Allons, debout, ô vaillante Italie,
Lève ton front écrasé tant de fois.

Sous ton passé ton ennemi succombe.
Pour t'applaudir vois surgir tous tes morts :

Savonarol tressaille dans sa tombe,
Le Tasse et Dante admirent tes transports.
Des grands héros dont ta terre est pétrie
La cendre va revivre à tes exploits :
Allons, debout, ô vaillante Italie,
Lève ton front écrasé tant de fois.

Pour protéger ta phalange guerrière,
La liberté va planer dans les cieux ;
Ton ennemie, aveugle en sa colère,
Veut la nier, elle éblouit ses yeux.
Trop longtemps sourde à ta lente agonie,
La France, enfin, vient répondre à ta voix :
Allons, debout, ô vaillante Italie,
Lève ton front écrasé tant de fois.

LA VICTOIRE

O France! entends mon cri suprême...
Je reviens encor dans tes bras;
Entre tous les peuples je t'aime
Et j'ai toujours guidé tes pas.
Hier, dans les champs d'Italie,
J'ai fait triompher tes guerriers;
Je veux jusqu'au cœur de l'Austrie,
Semer leur marche de lauriers.

Français, j'ai gravé votre histoire
Aux fastes de l'humanité;
J'ai pour mère la liberté,
   Et je suis la victoire.

Pour briser ton ardeur guerrière,
Venger cent terribles combats,
Jadis, l'Europe tout entière
Se leva contre tes soldats.
A Waterloo, triste, éperdue,
Je dus te laisser outrager;

De ton réveil l'heure est venue,
Et je suis prête à te venger.

Marche donc, ta cause est bénie,
De la liberté c'est la voix ;
Combats partout la tyrannie,
De l'opprimé soutiens les droits.
Que de l'Autriche l'arrogance,
S'inclinant devant tes drapeaux,
Sache que le sol de la France
Est toujours fertile en héros.

Si de Rome la décadence
T'attend dans la postérité,
En ces temps on dira : la France
Sema partout la liberté.
Elle entreprit toujours la guerre,
Sans autre but de ses succès
Que de promener par la terre
L'éternel flambeau du progrès.

Français, j'ai gravé votre histoire
Aux fastes de l'humanité ;
J'ai pour mère la liberté,
Et je suis la victoire.

HUMBLE REQUÊTE

Pasteurs de notre race humaine,
Quelle fureur vous fait soudain
Changer la houlette en gourdin,
Et jusqu'au sang couper la laine ?
Vous vous nourrissez d'*oremus*
A la table de Dieu le Père :
Laissez-nous vivre sur la terre !...

　　　Non possumus.

Le monde moderne se fonde,
Le passé qu'éclairait la foi,
Au présent que guide la loi,
A cédé le sceptre du monde.
Vous trouvez contre les abus
Le catéchisme fort commode...
Nous, nous voudrions bien le code !

　　　Non possumus.

ÉCHOS DE MAINE

COMPLAINTE

Oyez le récit véridique
D'un grand miracle nouveau-né ;
Le fait paraît mythologique,
Pourtant, ma foi, c'est arrivé.
Hélas ! ma faiblesse est extrême
Pour chanter ton juste courroux...
Aide-moi, patron du carême,
Saint Choléra, protége-nous !

Des libéraux la race impie
Voulait sans bruit faire le bien,
Et, sans savoir quels dieux il prie,
Donner à celui qui n'a rien.
Les dévots, outrés du blasphème,
Se sont jetés... à deux genoux :
Aider les pauvres en carême !...
Saint Choléra protége-nous !

Tout à coup a surgi l'armée
De ces bons petits jeunes gens,
Gandins d'autel, fleur parfumée
Par l'écurie et par l'encens.
Quoi ! sans nous, l'élégance même,
Cavalcader, mais ils sont fous !
Punis-les, patron du carême,
Saint Choléra, protége-nous !

Le dévot lance la dévote
Au siége de son gros . . . . ;
Lui, bedonnant sous sa capote,
A bientôt du ventre opiné.
Quand je jeûne, à mon deuil extrême,
Ces gens boiront comme des trous :
Non, dit-il, patron du carême,
Saint Choléra, protége-nous !

Toute la sainte ribambelle,
Vers les édiles s'avança ;
La minute étant solennelle,
Le . . . . se moucha, toussa :
Oui... messieurs... je pense de même,
Car mon . . . . . me vient de vous.

Il reprit : patron du carême,
Saint Choléra, protége-nous !

Dans un coin, soufflant la harangue,
Le malicieux Quille-en-Bois,
Pour se taire mordait sa langue,
Et murmurait d'un air narquois :
Ces gens sont la sottise même...
Il faut hurler avec les loups,
Hélas ! comme eux je fais carême.
Saint Choléra, protége-nous !

La troupe, à la ....
Fit sa dernière station.
Le chef, surpris par l'aventure,
Veut une consultation :
Mandez, dit-il, à l'instant même,
Tous les docteurs auprès de nous.
Qu'ils viennent sauver le carême :
Saint Choléra, protége-nous !

Les docteurs disaient, incrédules :
Où donc voit-on le choléra?
Ce fut pour vaincre leurs scrupules,
Que le miracle s'emmancha.

Qu'advint-il, à l'instant suprême ?
Pour les rendre croyants et doux,
Et sauver notre saint carême,
Saint Choléra, protége-nous !

On fit surgir de l'ombre noire
Un spectre maigre et tremblotant,
Dont un ruban de . . . .
Était l'unique vêtement.
Noël ! c'est Choléra lui-même,
Dit le . . . ., peuple à genoux !
Que les pauvres fassent carême,
Saint Choléra soit avec vous !

VIEUX DÉBRIS !

Est-ce La Porte ou Mazarin?
Est-ce Mazarin ou La Porte?
Sur ce point, le diable m'emporte,
Chacun de nous perd son latin.

De la fête un nouveau programme
Nous est arrivé jusqu'ici ;
S'il vous plaît de changer de gamme,
Je vais changer de rhithme aussi.

Certe, au cardinal Mazarin
Convenait la strophe inflexible ;
Mais pour votre héros risible
Il suffit d'un rondeau badin.

Ce beau seigneur de mascarade,
S'il faut en croire vos discours,
A, sans compter sa cavalcade,
Fait je ne sais combien de fours.

Il encouragea les savants,
Fit à la doctrine chrétienne,
Pour apprendre à lire à Mayenne,
. Don de quatre cent vingt-cinq francs.

Sa femme coûtait à la Franee
Un revenu d'un million,
Mais il s'entendait en finance
Et nous rendait l'or en billon.

Garde-toi, lecteur goguenard,
De croire cette histoire fausse;
Tu peux la lire dans Lafosse,
Tu peux la lire dans Guyard.

C'est un écrivain de Mayenne,
Connu de ceux-là seulement
Dont le nom, d'origine ancienne,
Figure dans son boniment!

Bientôt nous lirons ces hauts faits,
Car on va, si nous sommes sages,
L'imprimer avec des images,
Et la ville paîra les frais.

On vit jadis la France entière,
Par un unanime concert,
Donner la gloire et la lumière
Au nom ignoré de Lambert ;

Pour Lafosse, il faut sans retard
Forcer aussi la renommée
A dire à la France étonnée :
Vous n'avez pas connu Guyard...

Et pour mieux asseoir cette gloire,
Qu'on nous fasse cavalcader
L'illustre auteur de notre histoire,
Et non ceux qu'il daigna chanter.

Puisqu'on a déjà, c'est certain,
Lâché Mazarin pour La Porte,
On peut bien flanquer à la porte
La Porte comme Mazarin.

UNE CAVALCADE.

On cavalcadera,
Car déjà la fête
S'apprête,
Et Mayenne verra
Les costumes de l'Opéra.

Accourez tous ici,
Gens d'Anjou, gens du Maine,
Gens de Laval, de Renne,
De Saint-Baudelle aussi;
Notre bonne cité
Vous fera voir un prince,
D'un mérite fort mince,
Mais par Guyard vanté.

Dans des groupes nombreux,
La fine allégorie
Racontera la vie
De ce duc gracieux.

De ce fol carnaval
Écoutez le programme;
Ce sera, sur mon âme,
Embêtant, mais moral.

On voit, premièrement,
Monseigneur de La Porte
Vêtu de belle sorte,
Grâce à monsieur Maubant.
Peuple, menu fretin,
Saluez sa perruque
Elle a couvert la nuque
De Scapin, de Frontin.

Le bon peuple est surpris
De voir la belle Hortense
Qui pour la circonstance
Ce matin n'a rien pris.
Et c'est fort prudent, car
La duchesse se grise,
Comme un valet d'église
Ou comme un vieux soudard.

Sur les pas du seigneur,
Tous nos pompiers fidèles,

Vêtus en damoiselles,
Risquent la bouche en cœur.
Pompiers, soyez contents,
Pour minuit, à la gare,
La ville vous prépare
Une orgie à trois francs !

La . . . . . y prend part,
. . . . . . met un masque,
. . . . . . a le casque
De l'immortel Chicard.
Un avocat pieux
S'habille en Rigolboche;
Des . . . . font Clodoche
Et son pompier gâteux.

Nos . . . .,
Quittant leurs mines bêtes,
Font pierrots et pierrettes,
Bébés et débardeurs.
Tous leurs marmots pour qui
Son Altesse fut douce,
Suivent, tétant leur pouce,
D'un air fort réjoui.

Puis un autre tableau
Nous montre les statues
Abritant leurs chairs nues
Sous un ample manteau.
On dit que par égard
Pour les goûts du saint homme,
On les arrangea comme
Le célèbre Abélard.

Le corps des pharmaciens
Traîne un engin sublime,
Objet pudique, intime,
Fait pour des.... dos chrétiens.
A leur tête on verra
Marcher monsieur ......
Figurant S.... Clistère
Ou bien S.... Choléra.

Puis enfin, vient un lot
De robustes nourrices,
Célébrant les services
Du biberon Darbot.
Le .... glorieux
De sa forte encolure,

Veut en être et figure
La nourrice sur lieux.

Venez, accourez tous,
Notre ville en ribote
Agite sa marotte.
C'est la fête des fous !
L. . . . . . bénira
La . . . . . démence.
On donne une . . . . .
A quiconque viendra.

On cavalcadera,
Car déjà la fête
S'apprête
Et Mayenne verra
Les costumes de l'opéra.

BRINDILLES

LE TESTAMENT

A Mlle C. G..

Tu vas faire ton testament,
Mais tu n'oublîras pas, je pense,
Le doux pays de ton enfance ;
Tu lui légueras sûrement
Un peu de ton esprit vivace,
Filon d'or caché dans un coin ;
Au ciel l'esprit n'a pas sa place
Et la terre en a grand besoin.

A ton gros frère il faut léguer
Un petit brin de patience,
A C.... bouquet d'innocence
Ta malice et l'art de blaguer ;
A sa tendre épouse, au contraire,
Si son humeur n'a pas changé,
Il faut léguer l'art de se taire,
Chacun sera bien partagé.

A C..... il faut enfin
Léguer, c'est un bon camarade,
Toute pleine de rémoulade
La fiole de Robert-Houdin;
A V.... lègue la largesse,
Qui sied au million vainqueur,
Donne à ..... ta sagesse,
Donne à ...... ta douceur.

Il faut songer à l'avenir,
Et, vraiment, je t'engage à faire
Ce gai testament : pour l'ouvrir
Il n'est pas besoin de notaire,
Pas même besoin de mourir.

IMPRÉCATION

A. M. E. O.....

E...., unique objet de mon ressentiment,
Qui ne m'as pas écrit une fois seulement
En six mois, je te voue aux cruelles furies.
Sois réduit à n'aimer que de laides harpies,
Qu'aucun minois charmant ne te veuille approcher,
Qu'aux jeux de S.... V.... forcé de te livrer,
Des petits jeunes gens tu portes la bannière
Et qu'aux . . . . tu fasses ta . . . . .
Qu'après avoir cent fois pris les droits du mari,
Tu le sois à ton tour, et Faublas avachi,
Qu'on te traîne à l'autel avec quelque . . . . .,
Laide, vieille et sans dents. . . . que T.... te dégote
Et pour mieux me servir, devenant éloquent,
Gagne tous ses procès et ton dernier client.

Que mille créanciers t'assiégeant de leurs notes,
B......., le petit, vende jusqu'à tes bottes ;
Par C... L........ que tu sois condamné,
A fréquenter L..... à perpétuité
Qu'on nomme député le sieur B.... de B.....
Que coiffé de son casque et son sabre à ta hanche,
On te fasse pompier et qu'on te traîne ainsi,
Par la rue, élégant et sanglé comme lui.
Puissé-je, ô grand coquin, te voir si ridicule,
Te gonfler, parader sur ce théâtricule,
Et bafoué, chassé par tous les habitants,
Te voir venir passer les vacances céans.

A Mlle C. G.

Voici mon portrait, un bijou...
Qu'on le reçoive avec tendresse
Et qu'on le mette à quelque clou...

.   .   .   .

SUR M......

Corps épais et lourdaud, cœur de même mesure,
Sourire suffisant et pédante tournure,
C'est monsieur Positif, produit incestueux
D'une vieille bigote et d'un .... crasseux.
Il fait fi de l'amour et de la poésie,
Voudrait voir la jeunesse au calcul asservie :
Ce vieillard de vingt ans, nous le connaissons tous,
Pèse ses amitiés par pièce de cent sous.

SUR D'AUCUNS

Hommes ... qui mettez .... en réclames,
Et qui nous escomptez le salut de nos âmes,
Que n'imitez-vous donc l'humble simplicité
De celui qui rendit sainte la pauvreté?
S'il revenait un jour, s'il voyait vos boutiques
De ses temples souillant les sublimes portiques,
Marchands ......, il vous chasserait tous,
Car vous n'avez qu'un dieu, la pièce de cent sous.

DÉPIT

Dorine, je te rends ton morceau de fromage,
Ces poufs brodés par toi, ces beaux poufs triomphants
Dont, en un temps meilleur, tu m'as offert l'hommage!
Qu'on m'envoie en retour mon couteau de six blancs,
Le canapé boiteux, coquine, où mes tourments
S'endormiront bien loin de ton chien de visage!

Si, pourtant, préférais la paille non rompue,
Peut-être resterais-je au nid douillet et chaud...
Mais qu'on se courbe alors, et, quand j'irai tantôt,
On fasse à mon museau gracieuse venue !

A M. M...

Priser, ..., est un bonheur ;
Mais ce bonheur-la, que j'ignore,
Est un ver rongeur qui dévore
Lentement le pauvre priseur !

La science que l'on méprise,
Éclairant tout de son flambeau,
Du priseur montre le cerveau,
S'affaiblissant à chaque prise.

Pour toi, la science a menti,
Puisque, priseur que rien n'arrête,
Tu vidas tant ta pétunette
Sans que ton esprit ait vieilli.

LA BIÈRE A L'EXPOSITION

A M. A. G.

Ce ne sont que quartauts, ce ne sont que futailles,
Le pale ale écumant à longs flots a coulé,
Et Munich et Strasbourg se livrent des batailles
Dont l'estomac public est le champ désolé.
Bois, peuple, ce poison : gastrites et ripailles
Sont sœurs, et quelque jour, peuple, je te verrai
M'apporter à soigner tes morbides entrailles
Et vers une autre bière alors je t'enverrai.

FIN

TABLE DES MATIÈRES

Pages

Préface. 7

BRUNES ET BLONDES

Suzon 13
La Fleur indiscrète. 16
Le Portrait de Rose. 18
Margot. 21
Les Professeurs d'Angèle. 24

A TRAVERS CHAMPS

Mon Ane, ma Femme et l'Autre. 29
Les Quatre Heures du jour. 32
Seigneurs et Manants. 34
Trumeau. 37
Veillée. 41

PAR LA VILLE

La Côtelette. 45

Les Ennuis de l'amour 47

Ceux qui croient que c'est arrivé. 49

Masques et Visages. 51

Le Voyage. 54

Les Étoiles filantes. 56

Coquelicot. 58

Légende parisienne. 60

La Variété 63

TINTINS ET GLOUGLOUS

Le Réveillon. 69

Le Vin d'Anjou 71

Le Vieux Flon-Flon 74

GUITARES

La Dernière Idole. 79

Ci-Gît 82

Le Pauvre en habit noir. 84

Souvenir 86

Lilette. 88

ITALIA BRITANNIA

Léopard. 93

Stances à l'Italie. 95

La Victoire. 97

Humble Requête. 99

ÉCHOS DE MAINE

Complainte 103

Vieux Débris. 107

Une Cavalcade. 110

BRINDILLES

Le Testament. 117

Imprécations. 119

A Mlle C. G. 121

Sur M. 121

Sur d'Aucuns 122

Dépit. 122

A Mr M. 123

La Bière à l'Exposition. 124